Grands-parents

grand...

Hatier
parents

Qui sommes-nous ?

Tellement admirative de ses parents (également grands-parents de ses enfants), Céline Zaffran lance il y a 13 ans le magazine *Grands-parents*, un bimestriel diffusé à l'échelle nationale. Les trois merveilleux fils qu'elle a eu avec son époux, Laurent Zaffran, ont appris à vivre avec la cadence intense de leur maman tout en étant très fiers de son parcours.

Céline développe ensuite plusieurs projets éditoriaux autour du magazine, avec ses équipes, composées entre autres de Corinne Sambora, présente sur tous les fronts depuis le début de l'aventure, perspicace et réactive, sans qui rien n'aurait été possible. Rejointes par Nadia Boudaoud, journaliste à la plume remarquable, elles ont mené à bien tous les projets, même les plus difficiles à réaliser, et ont fait grandir la communauté *Grands-parents* sur les réseaux sociaux à travers le compte Facebook @grandsparentsmag et le compte Instagram @grandsparentsofficiel. Et ce, malgré les nombreux obstacles et préjugés du type : « Les grands-parents ne sont pas sur les réseaux sociaux, ils n'aiment pas ça ! »

Heureuse d'avoir écouté son cœur et d'avoir persévéré dans ce sens aux côtés de son équipe soudée, Céline Zaffran a fait de *Grands-parents* une marque qui rassemble aujourd'hui **la première communauté francophone de grands-parents.** Inspirés par l'image de Mamoune et Papi, c'est plus de 9 millions de seniors qui suivent au quotidien les publications sur les réseaux sociaux !

Citation

« Être grand-mère ou grand-père ne veut pas dire qu'on est vieux, mais qu'on a été béni... avec le plus beau des cadeaux qui puisse exister. »[1]

1. Sauf mention contraire, toutes les citations proviennent de *Grands-parents.* © Groupe Multipresse, *Grands-parents officiel*

Je dédie cet ouvrage à la meilleure des grands-mères, ma maman, et la Mamoune de mes enfants. Celle qui est toujours là pour nous et qui nous relève dans les moments difficiles. La famille qu'elle a fondée avec son mari, mon papa, constitue son plus grand bonheur, sa fierté, sa joie de vivre, son identité.

J'aimerais également dédier ce livre à mon père, ce papa si extraordinaire, devenu grand-père à l'âge de 45 ans. Il en a bâti, des montagnes ! Un exemple en tant que père et une fierté en tant que grand-père.

Mamoune et Papi, ces deux êtres si parfaits, si aimants, qui ont même surmonté la guerre dans leur jeunesse, ont toujours su nous apporter le sourire, la gaîté, et un soutien sans faille. Ils partagent aujourd'hui avec leurs huit petits-enfants des instants inoubliables de tendresse, de complicité, et de rigolades.

J'ai enfin une pensée pour mes beaux-parents, toujours présents pour garder leurs petits-enfants malgré leurs âges avancés. Ils sont leur échappatoire et une vraie bouffée d'oxygène.

Céline Zaffran,
directrice générale des médias Grands-parents.

Sommaire

Introduction

Pourquoi un livre sur les grands-parents ? Que vous les ayez appelés Mamoune, Papi ou encore Mamie et Papou, vos grands-parents (ou, si vous ne les avez pas connus, ceux de votre entourage) ont été des êtres aimants. Ils ont toujours su apporter de la gaîté dans votre quotidien, et ont été d'un soutien sans faille. Ils ont su réunir chez eux petits et grands lors de chaleureux repas de famille pour créer des souvenirs impérissables. Vous avez ensuite vu vos parents devenir grands-parents eux-mêmes, grâce à vous et peut-être aussi grâce à vos frères et sœurs. Vous avez observé à chaque naissance leur amour se décupler encore et encore et vous les regardez d'un œil bienveillant revivre les joies de pouponner sans la contrainte d'être parents.

Aujourd'hui, c'est à votre tour de vivre cette formidable aventure ! Chaque petit-enfant qui arrive et vient agrandir la famille que vous avez fondée représente un cadeau du ciel inestimable. Gare à celui qui s'en prendrait à vos petits-enfants, vous déploierez alors une force venue d'ailleurs pour les préserver !

En Mamoune et Papi exceptionnels, vos préparations culinaires auront un goût inégalé aux yeux de vos petits-enfants. Fidèles à vos traditions, vous prendrez plaisir à les leur transmettre dans la joie et la bonne humeur, pour leur plus grand bonheur. Grâce à vos petits-enfants, vous resterez actifs : passer du temps avec eux nécessite de sortir et de marcher beaucoup, vous le découvrirez bien assez tôt. Et pour cela, rien de mieux que de prendre soin de soi ! Il n'y a pas d'âge pour s'apprêter et se montrer coquet. Votre vie sociale, elle, s'articulera aussi bien autour de vos petits-enfants et enfants que de vos amis. Et si l'un d'eux n'a pas le moral au beau fixe, un coup de pouce de Mamoune ou de Papi et ce sera reparti !

Quand il s'agira d'aller chercher vos petits chéris à l'école, vous n'y renoncerez pour rien au monde. Eh oui, malgré moult imprévus ou encore des périodes de fatigue physique, la moindre occasion de passer du temps avec eux constituera un plaisir du quotidien, et vos petits princes et princesses vous le rendront bien. Ils seront les plus heureux à l'idée d'aller chez Mamoune et Papou ou de vous recevoir chez eux car ensemble, vous vivrez des moments inoubliables. Bien souvent vous rirez de leurs bêtises même si les parents, eux, ne trouveront pas cela forcément drôle !

L'Insee recense plus de 20 millions de séniors en France dont **85 % d'entre eux sont des grands-parents**. Et de nos jours, les grands-parents ne sont plus ceux qu'ils étaient dans les années 1900 : ils sont actifs, sportifs, profitent de leurs familles et croquent la vie à pleines dents. Le passage à la grand-parentalité est un sentiment indescriptible et fort, et cet ouvrage prétend en faire la démonstration. Vous le comprendrez, dans ce livre, les grands-parents et les petits-enfants sont aimants, complices, soudés. Beaucoup de grands-parents s'accordent à dire que leur amour à l'égard de leurs petits-enfants est inconditionnel. Ne serait-il donc pas temps de leur accorder un titre d'honneur, si ce n'est même créer un ministère rien que pour eux ?

Collez ici les photos de vos petits chéris.

PARTIE 1

Cap vers la grand-parentalité !

DEVENIR GRANDS-PARENTS
Une fabuleuse aventure
De nombreux souvenirs
Patience, un maître-mot
Une complicité sans faille

Une **fabuleuse aventure**

Fabuleux, c'est le mot ! Eh oui, pour beaucoup, devenir grands-parents tient d'une histoire qui dépasse le rationnel. Vos « p'tits bébés » viennent à leur tour d'avoir des bébés : vos petits-enfants. C'est à ne pas en croire ses yeux ! La famille s'agrandit et vous gravissez ainsi un échelon supplémentaire dans votre arbre généalogique. Ainsi va la vie, et dès que l'on devient soi-même grand-parent, la magie opère. **Humainement, cela va au-delà du privilège.** Votre ancien statut de parent, cumulé à celui de vos enfants devenus parents eux-mêmes, vous permet désormais d'accéder de plain-pied à la grand-parentalité. C'est parti pour les émotions fortes !

Vous verrez, pouponner vos petits-enfants vous maintiendra dans une forme olympique, et cela n'aura de cesse de grandir au fil du temps. Vos bout'choux vous rendront de plus en plus dynamiques et réveilleront en vous une énergie inimaginable ! Vous découvrirez vite à quel point être actifs **pour eux** implique d'être actifs **pour vous-mêmes.**

Malgré toute cette excitation nouvelle, il est tout à fait légitime de vous interroger sur le rôle que vous tiendrez dans la famille, vis-à-vis des parents et de vos bout'choux. Faut-il fixer certaines règles ? Comment profiter de tous les bienfaits que procure ce nouveau statut ?

➔ De nombreux **souvenirs**

Vos souvenirs de jeunes parents ou encore d'enfance passée auprès de vos propres grands-parents **ressurgiront**. La rencontre avec votre petit-fils ou votre petite-fille vous replongera des années en arrière : vous reverrez le jour où vos enfants sont nés puis, de fil en aiguille, chacun de leurs anniversaires, leurs premiers pas, les premières rentrées scolaires, les premières bêtises et même leur premier rendez-vous galant. Grâce à vos petits-enfants, vous reviendrez **20 ans en arrière** à travers les temps de jeux, de loisirs créatifs, de sortie, et d'écoute.

Beaucoup de grands-parents aujourd'hui sont plongés dans leur nouveau statut alors qu'ils sont encore professionnellement actifs, avec un quotidien déjà bien rempli. Voyez ici l'opportunité de rester jeunes. **Le lien intergénérationnel devient alors une bénédiction** : ne resterez-vous pas au fait des tendances ? Allons plus loin, vous contribuerez à l'évolution des mœurs ! Surtout, n'oubliez pas que le lien social maintient les capacités cognitives actives, et que replonger dans les souvenirs activera votre mémoire. **Vous découvrirez bien d'autres bienfaits à travers ces 10 clés, et vous verrez à quel point les petits-enfants constituent un élixir de jeunesse ainsi qu'un remède contre la fatigue et la baisse de moral.**

➔ Patience, un maître-mot

Pas de panique, le rôle de grand-parent s'apprend ! Vous vous interrogez peut-être sur votre capacité à prendre soin de vos petits chéris car c'est certain, vous prendrez soin d'eux différemment et les gâterez autrement que vos enfants autrefois. **La patience sera votre maître-mot.** Cette notion clé englobe de nombreuses qualités qui sont parfois innées ou qu'on développe avec l'expérience.

Voici quelques petits conseils que vous retrouverez sous diverses formes à travers ces 10 clés : gardez les bras ouverts, soyez disponibles sans pour autant vous rendre trop envahissants, et développez votre propre capacité à encourager. Car **votre rôle se situe plutôt dans la transmission** que dans l'éducation.

Nous considérons que votre seul point commun avec les parents sera celui de tout faire pour créer un environnement sécurisé et sécurisant pour vos petits-enfants. Ainsi, en bons guides et points de repère, vous leur révélerez d'autres facettes de la vie. Pleins d'entrain à vouloir préserver leur bien-être, vous serez bien sûr tentés d'intervenir dans leur vie durant les périodes de turbulence. Mais le risque d'interférer négativement dans la relation parents/enfants plane. La patience implique de **savoir relativiser**, **se montrer neutre** et **arrondir les angles** : à chacun son niveau d'autorité.

Une complicité sans faille

Que d'émotions que d'être grands-parents ! Plus qu'un statut, ce rôle vous rendra infiniment aimants et complices. Le grand-parent actuel n'est plus seulement le grand sage détenteur et transmetteur des bonnes valeurs. Aujourd'hui, place à l'échange ! Vous avez le goût du **partage** et du **faire ensemble.**

Même si depuis la nuit des temps la relation si particulière grands-parents/petits-enfants existe, elle ne s'est pas toujours traduite de la même façon. Au-delà des classiques temps de jeux, vous apprendrez à cuisiner, bien manger, faire du sport... Autant d'activités pour **créer des souvenirs tous ensemble.**

Citation

« Être grands-parents c'est sortir faire du shopping pour soi, et revenir avec des vêtements pour ses petits-enfants. »

Votre amour inconditionnel pour vos petits-enfants vous rendra capables de vous surpasser, d'être disponibles, de prendre soin de votre santé physique et mentale. Toutes vos activités auront plus de sens et vos petits-enfants ressentiront cette énergie, ce qui les rendra **plus confiants.** En vous voyant si actifs, votre progéniture aura une image de vous dynamique et inspirante, proche de leur énergie débordante. L'envie de transmettre et de donner le meilleur vous rendra **plus permissif** : vous aurez le souci de gâter vos bout'choux et vous deviendrez moins regardants sur les notions de discipline et de règles.

Ok pour sauter le brossage de dents, mais seulement le vendredi soir ! Eh oui, vous verrez à travers cet ouvrage qu'il y a tout de même toujours un « mais » qui ne se cache jamais très loin... **La complicité combine à elle seule tout un ensemble de conditions.**

1 Devenir mamie et papi

10 Jeux à volonté !

PARTIE 2

9 Créer des souvenirs éternels

8 Prendre soin de soi

7 Ici, on ne gronde jamais

Les 10 clés

2 Câlins et bisous à volonté

3 Cuisine ouverte 7 jours sur 7

4 Bonbons et chocolats tu pourras… avec modération !

5 À mamie et papi tu te confieras

6 Tout ce que vous partagerez restera

Clé 1

Devenir mamie et papi

La nouvelle tant attendue (et parfois inattendue) vient de tomber ! Vous allez devenir grands-parents. Vous nagez sans aucun doute dans le bonheur face à cette fabuleuse annonce mais une multitude d'autres sentiments peuvent aussi surgir, et c'est tout à fait normal. Heureusement, vous disposez de quelques semaines, si ce n'est quelques mois, pour vous préparer à l'arrivée du petit ange. Alors, pas de panique ! **Gardez en tête qu'être un grand-parent n'est pas inné : cela s'apprend.** L'affection infinie que vous portez déjà à votre petit-fils ou votre petite-fille est certes importante, mais elle n'est pas suffisante pour affronter la réalité et endosser le nouveau rôle que vous tiendrez au sein de votre famille. Il s'agit donc de considérer certaines règles, et surtout de profiter pleinement de tous les bienfaits de ce statut !

Citation

« Vous voulez connaître le bonheur absolu ? Il suffit de devenir grands-parents ! »

Des sentiments **contradictoires**

Passé le moment d'euphorie, vous vous rendez compte que vous venez à nouveau de gravir un échelon dans votre arbre généalogique, ce qui vous rappelle à quel point le temps passe vite. Peut-être même ressentez-vous ce qu'on appelle communément **un « coup de vieux »,** et laissez un flot de questions vous assaillir. Alors que vous avez passé de nombreuses années à élever, **vous doutez de votre capacité à prendre soin d'un nouveau-né,** mais aussi de celle de vos propres enfants à devenir parents à leur tour. Vous rentrez dans une phase de déni, vous sentant trop jeunes pour être honorés de l'appellation de « papi » et « mamie », et tentez une négociation avec les parents pour vous faire appeler autrement par le futur bébé.

Citation

« Je n'ai jamais su combien d'amour mon cœur pouvait contenir jusqu'à ce que quelqu'un m'appelle MAMIE. »

L'âge moyen pour accéder à la grand-parentalité se situe entre 50 et 55 ans. C'est la fleur de l'âge, vous êtes encore actifs professionnellement voire au summum de votre carrière. Vous verrez que ceci est loin d'être un inconvénient quand il s'agit de s'occuper des petits-enfants. Vos questions et inquiétudes sont légitimes, mais vous avez encore du temps pour y répondre et vous préparer à votre nouveau rôle.

Tout un **savoir-être**

Le rôle de grands-parents s'apprend. Il s'agit de trouver le juste équilibre **entre la transmission de la « sagesse » et la complicité.** Souvenez-vous que le rôle éducatif revient aux parents : il est important de le leur laisser. Vous verrez dans les prochaines clés à quel point il est indispensable de ne pas s'immiscer dans les règles qu'ils auront établies dans leur foyer.

Bon à savoir

« — Mamie, comment tu vas faire pour nous aimer, moi et mon futur petit-frère ?
— Tu sais ma chérie, l'amour ne se partage pas... il se multiplie. »

• *Faire appel au bon sens*

Il n'est pas question de critiquer constamment les jeunes parents, ni même de les juger. D'une part, laissez-leur le choix et la liberté de faire leur propre expérience et d'apprendre éventuellement de leurs erreurs. **D'autre part, évitez les comparaisons.** Les temps changent, les pratiques d'autrefois pour éduquer les enfants ne sont pas toutes valables de nos jours. En règle générale, le statut de mamie et de papi demande beaucoup de bon sens. Quand les parents sollicitent des conseils, gardez les bras ouverts et soyez disponibles sans pour autant vous rendre trop envahissants.

Citation

« La sagesse, c'est d'avoir des rêves suffisamment grands pour ne pas les perdre de vue lorsqu'on les poursuit. »

Oscar Wilde

Une relation **si particulière**

C'est indéniable, **un lien spécial unit mamie et papi avec leurs petits-enfants.** Vous vous verrez porter un amour infini à vos bambins et déployer une écoute et une patience sans commune mesure. Vous vous verrez rompre les barrières intergénérationnelles pour endosser le rôle de confident et nourrir la complicité avec vos petits-enfants. En votre compagnie, ceux-ci se sentiront valorisés mais surtout, aimés. Vous vous verrez participer à la construction de leur identité en leur transmettant l'histoire familiale à travers des souvenirs, des anecdotes, des valeurs et des traditions.

Être dans **l'ère du temps**

De plus en plus, les nouveaux grands-parents sont encore actifs et très dynamiques. Vous devez saisir l'opportunité de rester jeunes en réduisant l'écart générationnel. **Intéressez-vous peu à peu à ce qui passionne les « jeunes »** : les films tendances, la musique moderne ou encore les technologies de communication. Vous vous rendrez également compte du pouvoir des réseaux sociaux pour entretenir vos relations malgré la distance. Alors, mieux vaut s'y mettre sans attendre !

De nombreux **bienfaits**

Partager des moments avec vos petits-enfants constituera une véritable cure de jouvence. Et pour cause, voici une liste non exhaustive des **bienfaits apportés par la grand-parentalité :**

- **Vous adopterez leur soif de découverte** et serez en admiration pour tout ce qui les entoure.
- **La sécrétion d'ocytocine (hormone de l'amour) sera favorisée.** Celle-ci permet de lutter contre le stress et ses méfaits comme l'hypertension artérielle ou encore les troubles du sommeil.
- Prendre soin de vos petits-enfants **augmentera** également **la confiance en vos capacités** à vous occuper d'une autre personne.
- Répondre à leurs questions intarissables **améliorera vos capacités cognitives.**
- Avec le temps, le sport peut être relégué aux oubliettes. À tort puisque le fait de garder vos petits-enfants ne sera pas toujours de tout repos. Entre les balades à bicyclette et les sorties au parc, **vous pratiquerez dorénavant une activité physique régulière.**

Je suis devenu(e) Mamie/Papi pour la première fois en :

Ma première pensée :

Mon premier souvenir :

En tant que grand-parent, je m'engage à :

Clé 2

Câlins et bisous à volonté

En bons grands-parents, vous chouchoutez vos petits-enfants autant qu'ils le souhaitent et éprouvez le besoin de vous amuser avec eux dans la bonne humeur, les câlins et les bisous. **Les mœurs ont changé :** la responsabilité des grands-parents ne se limite plus, de nos jours, à assister les parents en les aidant pour la garde, par exemple. **Votre présence favorise le bien-être de vos p'tits loups sous bien des aspects.** Vous tenez une place de choix dans leur vie grâce à la transmission de vos connaissances et à votre sagesse. Votre expérience et votre disponibilité sont des atouts indispensables pour maintenir une relation intergénérationnelle soudée. À la clé, vous développerez une relation affective toute particulière qui profitera aussi bien aux aînés qu'aux plus jeunes !

Citation

*« Dans mon cœur j'ai un trésor
qui vaut plus que l'or :
l'amour de mes petits-enfants. »*

Un **amour inconditionnel** et tendre

Si faire appel aux grands-parents ne semble pas toujours être la solution idoine pour les parents débordés par le train-train quotidien, vous verrez que vous vous rendrez de vous-mêmes de plus en plus disponibles pour vos petits-enfants et ce, à tout moment. **Votre soutien ne se limite pas à la simple garde** des petits chéris le mercredi après-midi ou le week-end. Vous mettez un point d'honneur à valoriser le côté affectif de la relation que vous entretenez avec vos petits-enfants. Au-delà du coup de pouce offert aux parents, vous incarnez l'amour inconditionnel et les moments de partage où tout est permis. Ou presque…

Montrer son amour

Les câlins et les bisous sont des gestes affectifs qui amplifieront la tendresse entre vous et vos petits-enfants, au fil du temps. Mais si ces derniers reculent face à un câlin ou un bisou d'au revoir, cela ne veut pas non plus dire qu'ils ne vous aiment pas. À chaque enfant son tempérament et ses humeurs.

En respectant leur volonté de ne pas se faire cajoler, vos petits-enfants se sentiront tout autant en sécurité et, en prime, les parents seront rassurés ! **Il est évident que les plus jeunes, dès lors qu'ils se sentent aimés et valorisés par les membres de la famille, prennent davantage confiance en eux.**

• *Montrer sa disponibilité*

Le temps de l'image des grands-parents sévères est révolu. Place aux nouvelles attitudes. Comme vous le verrez dans les clés N°5 et N°6, **vous êtes désormais de précieux conseillers** qui aident les parents autant que les enfants à garder confiance en eux, et tout ça sans rien imposer. Vous savourez les moments passés avec vos bout'choux et consacrez beaucoup plus de temps à vous occuper d'eux. Bien souvent, vous jouez ensemble dans une entente incroyable. Si les parents sont souvent pressés et imposent des règles à la maison, chez papi et mamie, c'est plus détendu. Le rythme est bien moins cadré, et l'apprentissage se fait à travers les loisirs. Vous opterez pour des jeux pédagogiques et apprendrez à vos petits amours de nouvelles notions à travers les activités où vous êtes déjà aguerris. En somme, vous ferez preuve de patience et d'une affection incommensurable.

Bon à savoir

« Les câlins de vos petits-enfants vous apportent un sentiment de paix, vous réconfortent et vous soulagent de la douleur, vous fait oublier le pire et vous rappelle combien la vie est belle et précieuse ! »

Les **permissions spéciales**

C'est bien connu, papi et mamie chouchoutent leurs petits-enfants comme bon leur semble. Avec vous, tout est permis ! Vive la fête, les bonbons, les chocolats et les batailles d'oreillers : c'est la tendresse partout, et à n'importe quel moment. Chez vous, moins de contraintes pour l'horaire du coucher, ou un bonus temps à passer devant les écrans, par exemple. Les temps passés avec vos petits-enfants sont synonymes de moments joyeux : tout le monde en tire profit. Pour autant, il ne s'agit pas non plus de céder à tous les caprices. La complicité que vous partagez avec vos petits-enfants rend votre relation privilégiée et spéciale.

➔ Aimer et être aimé

Les petits-enfants ont une soif d'affection constante. Grâce à votre disponibilité, vous êtes en mesure de les écouter. Vous exprimez votre bienveillance à travers des câlins à gogo, des rires partagés et une avalanche de compliments. Aimer ces p'tites bouilles, satisfaire leurs besoins et stimuler leurs centres d'intérêts, voilà les grands principes de la grand-parentalité moderne ! Avoir la chance de connaître ses petits-enfants est un cadeau inestimable que vous souhaitez honorer. **Vos moments de tendresse resteront gravés dans les mémoires à jamais car vos petits-enfants en tireront d'importantes leçons de vie.** Grâce à votre amour inconditionnel et votre soutien permanent, ils se sentiront capables de réaliser leurs rêves. Et en retour, vos petits-enfants vous témoigneront un amour infini. Quel que soit leur âge, ils ne se lasseront jamais de votre compagnie. Vous êtes leurs confidents à vie ! Les grands-parents représentent une source de réconfort permanent et une sécurité absolue pour les petits-enfants : passer du temps avec papi et mamie, c'est être aimé et apprendre à aimer.

Citation

« Un sourire de vos petits-enfants peut améliorer même le pire des jours. »

Un **réconfort** précieux

Nous l'avons compris, mamie et papi sont une vraie source de câlins et d'affection pour leurs petits chéris, ce qui leur offre une grande stabilité émotionnelle. En grands-parents dévoués, vous partagez et transmettez naturellement vos valeurs. Auprès de vous, les enfants apprennent des règles pour pouvoir vivre en parfaite harmonie en société, et les nombreuses histoires que vous leur racontez avec fierté **servent de leçon de vie.** Et comme vous ne vivez pas avec vos petits-enfants, vous vous émerveillez à chaque retrouvailles de les voir un peu plus grandis, et vous faites preuve d'une grande patience en leur compagnie.

Guider ses petits-enfants

Les grands-parents entretiennent, en quelque sorte, naturellement un rôle de guide dans la vie de leurs petits-enfants. Vous n'hésitez pas à chercher des réponses à toutes les questions que les petits curieux posent incessamment. Vous verrez que vos conseils sont très importants pour eux, même si rien ne le laisse croire de prime abord.

Mais votre rôle se situe plutôt dans la transmission que dans l'éducation. Il est important que ces deux concepts ne s'empiètent pas, l'éducation étant le rôle premier des parents. Vous verrez dans les prochaines clés de ce livre pourquoi **il est recommandé de ne pas intervenir dans la façon qu'ont les parents d'éduquer leurs enfants.**

Mon meilleur souvenir avec mes petits chéris :

Les valeurs que je souhaite leur transmettre :

-
-
-
-
-
-
-
-
-

Clé 3

Cuisine ouverte 7 jours sur 7

Pour les petits-enfants, passer du temps chez les grands-parents est synonyme de confort et de réconfort. Chez mamie et papi, c'est toujours plus souple, mais dans le respect minimum des règles de vie. En matière culinaire, vos petits-enfants adorent vos plats bien bichonnés et savent qu'ils pourront se servir et se resservir sans limite, pour leur plus grand plaisir !

Cuisiner avec eux est un moyen à la fois utile et amusant de vous rapprocher. Utile, car les plats préparés avec amour vont permettre à vos estomacs gourmands de déguster vos propres chefs-d'œuvre. Amusant, car cela va permettre aux enfants d'expérimenter, tâter, goûter, et s'essayer à l'action culinaire. Que d'échanges et de partages inlassables ! Vous vous découvrirez là une patience, une disponibilité et une envie de faire bien surprenantes.

Citation

Ma mère en tant que maman :
« Tu mangeras ce que je te donne ! »
Ma mère en tant que grand-mère :
« Tu veux que je découpe tes croque-monsieur en cœur ou en étoile ? »

Cuisiner pour **le plus grand des bonheurs**

« Papi, mamie, j'ai faim ! » Quand bout'chou réclame à manger, c'est l'alerte générale. Tout gaga, vous vous précipitez vers les placards de la cuisine à la recherche du biscuit qu'il adore ou du saladier et de la poêle qui vous aideront à réaliser les plus délicieuses crêpes de la terre. Sans mesure aucune, vous irez jusqu'à préparer avec minutie des hamburgers faits maison que les jeunes convoitent tant. Encore une manière d'exprimer votre amour inconditionnel !

Cuisiner **avec vos petits-enfants**

Toute occasion est bonne pour s'essayer à des recettes ludiques en compagnie de vos petits-enfants : le déjeuner du mercredi, les jours merveilleux d'anniversaires, les grandes fêtes traditionnelles… **Vos petits commis s'inspireront de vos précieux conseils.**

• Préparer le goûter

Lors de la préparation d'un gâteau, par exemple, les plus jeunes se surpasseront aux côtés de leurs grands-parents pour incorporer le plus habilement possible farine, œufs, levure et autres ingrédients de la pâte. Mais ça ne s'arrête pas là ! Côté déco, place à l'imagination : pâte à sucre, vermicelles colorés, pépites de chocolat... Et si la boule en pâte d'amande n'a pas vraiment la forme de la sphère souhaitée, rattrapez le coup grâce à un jeté de perles comestibles et une bonne couche de sucre glace !

• Préparer des apéritifs

À l'arrivée des beaux jours, la pâte feuilletée sera votre meilleure alliée pour confectionner des apéritifs salés. Entre mini croissants aux olives, feuilletés au pesto et salades composées à base d'asperges disposées en sourire, d'un bâtonnet de carotte en guise de nez, et d'œufs pour les yeux, pas le temps de s'ennuyer ! La pâte à pizza, quant à elle, permettra à vos petits chéris d'y disposer leurs légumes préférés et autres condiments qu'ils prendront plaisir à goûter grâce à vous. C'est l'expression de tout un amour !

Préparer les chocolats de Pâques

Au printemps, Pâques apporte son lot de jeux ludiques grâce à la traditionnelle chasse aux œufs en chocolats. Mettez la main à la pâte ! Quelques moules en forme d'œuf, de poule, de lapin et autres animaux de basse-cour ainsi que des bonnes tablettes de chocolat feront l'affaire pour un atelier créatif réussi.

Préparer des plats à la citrouille pour Halloween

En automne, la citrouille, fruit emblématique, se prête à des recettes variées. Après l'avoir coupée et épluchée en toute sécurité, quel plaisir d'humer son odeur dans la marmite puis de voir son bout'chou mélanger la soupe, une longue cuillère en bois dans les mains. N'hésitez pas à compléter l'atelier soupe par un atelier cake à la citrouille. Tout le monde y trouve son compte et l'enfant développe ainsi son autonomie et sa dextérité.

Préparer des pains d'épices

Les pains d'épices et biscuits sablés ont comme un goût de fêtes de Noël. Une fois les ingrédients à disposition de vos petits-enfants, c'est parti pour étaler les pâtes sur le plan de travail, sortir les emporte-pièces du placard, faire mijoter les glaçages et décorer les bonhommes en pain d'épice cuits au four. Plaisir garanti !

Les **aliments bios**, mythe ou réalité ?

Certains pensent que le bio est une mode, ou encore l'expression d'un lobby. Les nouvelles générations, dès leur plus jeune âge, sont aujourd'hui sensibilisées au « manger bio ». Dans certaines écoles, par exemple, les menus des cantines sont composés au moins d'un aliment bio parmi les entrées, plats et desserts. Consommer des aliments bio relève d'abord d'une question sanitaire. Et emmener ses petits-enfants dans les rayons alimentaires des marchés et supermarchés qui proposent des produits issus de l'agriculture biologique, c'est les poser face à la réalité du choix de consommer bio, ou non, ou partiellement. **Ainsi, votre bout d'chou se questionnera et affinera son regard les questions de production et de consommation.** C'est la promesse de discussions passionnantes !

Déguster des jus faits maison

Dans leur quotidien, de nombreuses familles ont pour habitude de boire du jus de fruits pressés. **Beaucoup d'entre elles espèrent ainsi participer aux recommandations officielles du PNNS (Programme National Nutrition Santé) : « Manger cinq fruits et légumes par jour ».** Faire un jus soi-même, c'est partager un temps ludique avec vos petits chéris en pressant les fruits entiers pour en extraire le jus. Au petit-déjeuner autant qu'au déjeuner, ou encore au goûter, un verre de jus de fruits pressés constitue un moment de partage et participe à une alimentation saine !

Si vous êtes soucieux de l'équilibre nutritionnel de vos petits-enfants, sachez que les fruits pressés regorgent de vitamines, d'enzymes, de minéraux et d'antioxydants, tous utiles au bon fonctionnement de l'organisme. Leur teneur en vitamines A, B, C, D et E est bien plus élevée que celle des jus industriels en raison de l'absence de conservateurs et d'additifs. **Le meilleur moyen de profiter de ces apports reste donc de consommer un jus fraîchement pressé.**

Mieux encore, l'ère est aux smoothies ! Ces boissons sont obtenues en réduisant en bouillie un ou plusieurs fruits entiers et en y ajoutant de l'eau ou tout autre liquide, ainsi qu'un yaourt. **L'intérêt des smoothies est très simple : vous consommez le fruit en entier**, y compris les fibres. Bonus : les plus jeunes adorent s'adonner au mixage des aliments !

Citation

« Siroter une limonade faite par mamie, c'est ça la belle vie. »

Visiter des **potagers** et participer aux **cueillettes**

Les champs de cueillette de fruits et légumes ouverts au public sont une aubaine pour faire son marché d'aliments frais cultivés naturellement. Y emmener vos petits chéris est une expérience très enrichissante à leur faire vivre, **c'est une manière d'éveiller tous leurs sens.** De même, si vous bénéficiez d'un espace extérieur comme une cour ou un jardin, pourquoi ne pas créer votre propre espace potager ?

Cueillir le fruit, le légume ou les herbes aromatiques procure à l'enfant une proximité avec la nature qui **éveille sa conscience du bien manger et du bien consommer.** Mieux encore, organisez des séances collectives de semence ! N'est-ce pas satisfaisant et plus économique de cultiver soi-même les aliments qui finiront dans l'assiette ? Cultiver dans son propre jardin ses légumes préférés, de la semence jusqu'à la récolte, procure un sentiment gratifiant. Pour les jardiniers en herbe, commencez par la carotte, la tomate, le radis, le haricot, les petits pois, le navet, la courgette, le concombre, l'oignon blanc, la mâche, la menthe et le basilic.

Ce que je veux mettre dans mon potager :

-
-
-
-
-
-
-

Conseil

Dans les petits espaces extérieurs de la maison, mieux vaut commencer par installer un potager en carré ou surélevé dans lequel vos petits-enfants travailleront avec de la terre achetée en magasin ou du jardin. Selon les variétés – légumes-feuilles, légumes-fruits, légumes-racines et légumes-graines – semez les graines en fonction de la saison la plus propice. Les arbres à fruits tels que le pommier, le prunier, l'oranger, ou le bananier sont plantés selon le climat le plus favorable. Enfin, délimitez l'espace de culture avec le reste de l'espace extérieur par une bordure.

Les plats préférés de mes petits chéris :

—

—

—

—

—

—

—

—

—

Ma recette signature :

Son ingrédient secret :

Clé 4

Bonbons et chocolats tu pourras… avec modération !

Quelle joie pour les enfants de passer un moment chez leurs grands-parents ! **C'est pour eux synonyme de liberté :** régalades en gourmandises, jeux illimités, télévision « à volonté »... quel programme réjouissant ! Une forme de laxisme qu'ils ne peuvent pas toujours se permettre quand ils sont avec papa et maman. Mais afin de prévenir tout malentendu entre parents et grands-parents sur les règles de vie à adopter, il convient de s'accorder sur les limites à ne pas dépasser.

➔ Permettre en toute connaissance de cause

Les règles ne sont pas les mêmes à la maison et chez mamie et papi. Soucieux avant tout de faire plaisir à vos petits-enfants, vous deviendrez sans doute moins regardants sur les notions de discipline et de règles. Rien de dramatique, dans le fond, puisque vous avez l'expérience de la vigilance exercée avec vos propres enfants ! S'amuser et se faire plaisir librement devient donc plus accessible à vos petits chéris. Dorénavant, les friandises se dévorent à tout moment de la journée, parfois même au moment de se coucher, après s'être brossé les dents. Impensable au domicile des parents ! *Exit* également la corvée du bain : un gant de toilette et le tour est joué. **N'oubliez pas que vous n'avez pas un rôle purement éducatif vis-à-vis de vos petits-enfants.** *A contrario*, les parents, soucieux d'assurer la bonne éducation de leur progéniture et de se prouver qu'ils sont capables de réussir, seront en effet **plus stricts envers leurs enfants en matière de discipline.**

Bon à savoir

« Grands-parents : individus capables d'une indulgence sans limite avec leurs petits-enfants alors qu'ils hurlaient pour les mêmes choses il y a 30 ans. »

• *Regarder la télé et jouer à gogo*

Si à la maison le temps passé devant l'écran de télévision est strictement encadré, chez les grands-parents, les séances de films jeunesse et de dessins-animés se multiplient à la plus grande joie des jeunes accros à la télé. Dans la même veine, chez mamie et papi, il y a rarement un « couvre-feu » pour le coucher du soir. On joue quand on veut, et autant qu'on veut. L'avantage, c'est qu'il parait que vos bout'choux seront bien fatigués et dormiront mieux !

Ce sont là quelques écarts aux règles généralement imposées par les parents qui doivent bien-sûr garder un caractère exceptionnel : le temps d'une journée ou d'une semaine de vacances, pas plus ! **Les enfants en ont souvent bien conscience et entendent en profiter avant de rentrer chez eux.**

Les accords grands-parents/parents : un cocktail gagnant

Pour certains parents, les règles instaurées au quotidien ne peuvent pas être jetées aux oubliettes. Alors lorsque papi et mamie décident de s'en mêler, cela peut générer des tensions voire se transformer dans certains cas en conflits et disputes et ainsi éloigner les membres de la famille. Il est évident que la relation spéciale grands-parents/petits-enfants est en tous points bénéfique, et les parents se doivent parfois de faire des concessions pour comprendre et intégrer **le caractère exceptionnel des écarts et autres permissions.** Il est primordial de mettre l'accent dessus lors des discussions que vous tiendrez avec eux, tout comme il est primordial de respecter leurs priorités formulées.

En effet, les grands-parents ont un rôle majeur à jouer afin de ne pas interférer négativement dans la relation parents/enfants. Il est important d'intégrer le fait que la pédagogie évolue selon les époques pour ainsi respecter les méthodes éducatives utilisées par les parents. **Gardez-vous bien de critiquer leur manière de faire, au risque de remettre en question leur autorité !** Les petits-enfants ressentent très vite les relations que les adultes de leur entourage entretiennent, **d'où l'importance de préserver une relation saine.**

• *Être à l'écoute*

Parfois, les parents de vos petits chéris peuvent se montrer intransigeants sur certaines règles pour des raisons bien particulières : si l'heure du coucher est si importante pour eux, c'est peut-être parce que votre bout'chou a mis beaucoup de temps à faire des nuits complètes.

• *Faire des concessions*

Si vous acceptez à la demande des parents de limiter le temps devant les écrans en journée, arrangez-vous pour maintenir la coutumière soirée pizza-télé du samedi !

• *Relativiser*

Jadis, vos enfants aussi ont été gardés par leurs grands-parents. Les bêtises et transgressions qu'ils faisaient lorsqu'ils se rendaient chez eux ne font-elles pas désormais parties de leurs meilleurs souvenirs d'enfance ?

➔ Nourrir le lien **grands-parents/ petits-enfants**

Pour certains parents, la relation qui unit ces deux générations que tout semble éloigner est parfois incompréhensible. Comment d'anciens parents, si exigeants et presque intraitables autrefois, arrivent-ils à lâcher autant de lest pour accorder une si grande liberté à leurs petits-enfants ? Dans la plupart des cas, **le lien qui se créé entre ces deux parties est indéniablement fort mais ne remplace en rien le lien parents/enfants** qui existe déjà.

Créer une relation gagnant-gagnant

La proximité émotionnelle n'est pas automatique, elle se renforce et s'entretient au fur et à mesure des contacts, des échanges, des moments et activités partagés. Ce lien singulier, empreint de complicité, facilite l'entraide entre les grands-parents et les petits-enfants. Ces derniers peuvent se rendre plus serviables et plus patients, par exemple pour apprendre à leurs aînés à utiliser leurs *smartphones*. De votre côté, vous prendrez un plaisir fou à partager vos connaissances ou à prêter une oreille attentive à leurs tracas. Néanmoins, en grandissant (et notamment à l'adolescence), vos petits-enfants vont élargir leur cercle social et vous risquez de vous sentir quelque peu délaissés. Mais pas de panique, en cultivant votre lien spécial, vous aurez toujours des moments privilégiés à partager avec votre progéniture et des conseils à lui apporter !

Les règles de vie

Chez Mamie et Papi, on peut :

Chez Mamie et Papi, on ne peut pas :

Clé 5

À mamie et papi tu te confieras

Véritables piliers de la famille, mamie et papi jouent un rôle important auprès de leurs petits-enfants qui se trouvent souvent à douter au cours de leur jeune existence. En effet, les enfants et adolescents, souvent en quête d'une oreille attentive, se tournent naturellement vers leurs grands-parents. Riches de vos expériences de vie et grâce à votre attitude relativement détendue, vous êtes un soutien et apportez des conseils avisés qui aident vos jeunes chéris à s'épanouir. **Les échanges s'articulent autour du partage, de la tendresse et de l'écoute.**

➔ Soyez des **confidents** de choix

Beaucoup d'entre vous, chers grands-parents, êtes témoins des premiers instants de vie de vos petits-enfants. En vous occupant d'eux, vous les regardez grandir. Ces derniers vous voient alors comme des confidents disponibles et fiables. À leurs yeux, mamie et papi savent, à bon escient, se mettre à l'écoute pour offrir un espace de discussion propice à la confiance et à la confidence. **Même si les grands-parents peuvent s'impliquer dans le développement personnel de leurs petits-enfants, ils ne se substituent pas aux parents.** Voilà une pression en moins qui vous rendra plus indulgents.

Cet équilibre entre complicité et juste distance rendra les enfants et les adolescents plus enclins à s'exprimer sur leurs craintes, leurs angoisses, et leurs interrogations sans peur d'être jugés.

• *Conseiller et accompagner*

En tant que grands-parents, donnez-vous le rôle de conseillers et d'accompagnateurs auprès de vos jeunes protégés. Votre vécu similaire de situations qui les tracassent vont les aider à faire des choix et leur apporter des nouvelles perspectives. Vous pouvez, par exemple, les initier à **la nécessité de prendre du recul face à un problème persistant.** Vous les accompagnerez dans la recherche de solutions tels de vrais coachs !

• *Apprendre à communiquer*

Vous pouvez contribuer à apaiser les tensions que vos jeunes fougueux rencontrent dans leur vie en les incitant à communiquer. **Incitez-les**, par exemple, **à écrire une lettre ou à dessiner leurs émotions sur une feuille, un cahier ou une ardoise qu'ils voudront bien montrer à leurs parents.** Tels des médiateurs, vous vous chargez légitimement de débloquer les éventuels conflits impliquant vos petits-enfants.

Encourager le dialogue transparent et sans jugement entre les enfants et leurs parents aide à améliorer les situations problématiques. Rappeler aux petits comme aux grands l'amour qu'ils se portent mutuellement peut s'avérer rassurant, et tenter de traduire positivement et simplement les sentiments parfois complexes des adultes aidera vos petits chéris à y voir plus clair. Pourquoi ne pas organiser des temps de discussion familiaux ? **Ce sont autant de façons de raffermir les liens.** Aussi, en honorant une confidence, vous préserverez la confiance qui s'est établie avec vos petits protégés.

➔ Adieu la solitude

Les liens de filiation font des relations grands-parents/petits-enfants une source de tendresse et d'affection inconditionnelle. La qualité de vos interactions enrichira les liens et vous préservera de l'isolement social. En vous rapprochant de vos petits-enfants avec des sentiments positifs, vous contribuez à briser ce cercle vicieux… et inversement ! Vos petits-enfants, frustrés et tentés de s'isoler lorsqu'ils n'ont pas de réponses à leurs questions existentielles, trouveront une épaule sur laquelle se reposer dans les situations difficiles. **Cette démarche débouche incontestablement sur une relation mutuellement bénéfique.**

Garder le contact

Aujourd'hui, il existe plusieurs façons de maintenir le contact. Vous pouvez, par exemple, laisser libre cours à votre imagination en créant de jolies cartes et des dessins que vous leur adresserez. Vous pouvez aussi leur faire une surprise en réalisant une recette de biscuits, de gâteaux ou autres douceurs accompagnés d'un petit mot doux. Accordez-vous pour organiser un appel vidéo au cours duquel vous donnerez de vos nouvelles. Vous surprendrez alors votre entourage dans votre initiation aux nouvelles technologies.

Transmettez et échangez sur les valeurs familiales

Passer du temps avec papi et mamie permet aux plus jeunes de trouver des réponses à leurs questions existentielles et identitaires. Bien plus que des confidents, chers grands-parents, vous représentez un point de repère important qui les aideront à se construire et à orienter leur propre parcours. Quelle fierté ! **Quelle belle impression de devoir accompli une fois vos valeurs et traditions transmises à vos petits-enfants.** Ceci ne vous empêchera pas de raconter des vieilles anecdotes amusantes, et ce sera d'autant plus apprécié si elles concernent leurs propres parents !

Enfin, essayez de comprendre les mœurs d'aujourd'hui et les dernières tendances grâce à leur vision du monde.

Pouvez-vous être de bons grands parents ?

Nous venons de le voir, les liens affectifs qui unissent les petits-enfants à leurs grands-parents sont mutuellement bénéfiques. En apportant une sécurité affective, vous encouragez vos petits chéris à s'exprimer et à développer leur confiance en eux. L'énergie et la fraîcheur de vos cadets finiront toujours par égayer votre moral. Pour autant, qu'est-ce qu'être un bon grand-parent ? Y a-t-il des recettes pour cela ? Pas vraiment.

Essayez simplement de trouver le juste équilibre entre indulgence, autorité et bienveillance. Il est important de respecter l'intimité de ses petits-enfants et d'éviter d'être trop intrusifs, en particulier s'ils se confient sur des conflits touchant leurs parents. **Vous devez rester le plus impartial possible.**

Bon à savoir

« C'est quand je suis devenue grand-mère que j'ai compris que mon cœur n'avait aucune limite. »

Le souvenir que j'adore leur raconter :

Ma recette parfaite pour être un super grand-parent :

Un tiers de

....

Un tiers de

....

Un tiers de

....

Clé 6

Tout ce que vous partagerez restera

Le bien-être et l'équilibre émotionnel de vos petits-enfants passe aussi par celui de leurs parents. Chers grands-parents, sachez que vous constituez pour ces derniers bien plus qu'un lieu d'écoute ! Votre position est favorable aux confidences sur leur rapport à l'éducation de leurs bout'choux, leurs joies, leurs plaisirs, leurs fiertés aussi bien que leurs peines, leurs inquiétudes, leurs problèmes, leurs conflits. Surtout **pas de jugement**, ayez un regard constructif. Eh oui ! Vos enfants devenus parents se nourrissent en permanence de nouvelles expériences qui ne sont pas nécessairement issues de votre éducation d'antan.

Pour autant, ce n'est pas parce qu'ils sont adultes qu'ils savent tout sur tout, et ce n'est pas parce qu'ils sont passés par l'âge de leurs enfants qu'ils en connaissent tous les vices : chaque individu est unique ! Si votre fille en son temps rêvait de faire du solfège, votre petite-fille sera peut-être, elle, plutôt branchée basket-ball. Comme nous l'avons vu dans la clé N°2, **le soutien affectif est primordial** et il est valable dans votre relation avec les parents. Vous règlerez parfois leurs problèmes en un claquement de doigts !

Des médiateurs **toujours neutres**

Lorsque les parents se disputent, la position des grands-parents devient délicate. En général, ces derniers sont conscients qu'ils ne doivent pas soutenir une partie contre l'autre. Qu'en penseraient vos petits-enfants alors que ceux-ci aiment leurs parents passionnément et sans distinction ? **Tentez donc plutôt de calmer le jeu et de créer une « zone protégée » pour vos innocents bout'choux.** Ceci est valable quel que soit le degré du conflit entre les adultes. D'autant que, comme nous l'avons vu dans la clé N°4 concernant l'éducation que les parents donnent à leurs enfants, une intervention inhabile de votre part risquerait d'éloigner les membres de la famille entre eux, ce qui défavoriserait l'équilibre social de vos petits chéris.

➔ Adapter ses valeurs aux évolutions de la société

Plusieurs années se sont écoulées depuis la naissance de vos enfants. Montrer l'exemple en maintenant des principes et des règles de vie fait partie de votre quotidien depuis un bail. Eh bien, sachez que cela n'est pas fini ! La solidarité, la générosité, le travail et les plaisirs de la vie sont des valeurs constamment mises à rude épreuve. Votre rôle est donc de rappeler les valeurs qui vous sont essentielles lorsque les jeunes parents déroutent. Vos enfants vivent avec leur temps et parfois, ils ajustent certains principes de vie. **L'essentiel est de les accompagner à tendre vers leur idéal.** Face à un problème, il s'agit de les aider à se questionner, trouver et appliquer la réponse. Qu'est-ce qui est mieux pour eux ? Quel est le mieux pour leurs enfants ? Quelle place veulent-ils se donner dans la société ?

Avoir un **regard positif**

Votre enfant ainsi que votre gendre ou votre belle-fille envahissent bien souvent leurs pensées d'incertitudes et questionnent leur rôle de parents. Pour les encourager, valorisez leur souci d'apporter la meilleure éducation et la meilleure protection à leurs enfants. Trouvez des moments pour parler de votre vécu, racontez ce que vous avez autrefois accompli ou rêviez d'accomplir. **Il est important de faire savoir aux parents que ces échanges sont des confidences et que ces discussions sont constructives et surtout, sans jugement.**

Citation

« Notre pouvoir ne réside pas dans notre capacité à refaire le monde mais dans notre habileté à nous recréer nous-mêmes. »
M.K. Gandhi

Proverbe

« *Si tu vois tout en gris, déplace l'éléphant* » : ce proverbe indien signifie l'importance de voir les choses sous un autre angle lorsque nous traversons des périodes confuses. Il invite à partager ses difficultés afin d'obtenir des points de vue et des avis différents pour voir la vie autrement qu'en gris.

La plus grosse bêtise de mon fils/ ma fille quand il/elle était petit(e) :

Ma plus grosse bêtise quand j'étais petit(e) :

Clé 7

Ici, on ne gronde jamais

Votre mantra : arrondir les angles ! Dans notre société, beaucoup d'enfants ont un contact de plus en plus difficile avec leurs parents stressés ou surbookés, et ce quelle que soit leur classe sociale. Parfois, les plus jeunes se sentent oppressés par une injonction aux résultats et à l'excellence. Heureusement, les grands-parents sont là pour relativiser et leur révéler d'autres facettes de la vie ! Autorisez-vous à user de votre approche optimiste sans modération pour créer un environnement sécurisant.

➔ Prendre le temps

Oui ! Prenez le temps d'expliquer à vos petits-enfants les situations auxquelles ils sont confrontés au quotidien. Prenez le temps de discuter avec eux sur ce qu'ils regardent à la télé, les informations et les sujets d'actualité. Prenez le temps de les sensibiliser aux problèmes qui peuvent surgir dans leur vie. Votre maison devient le lieu privilégié où vos petits chéris peuvent se poser et prendre conscience d'eux-mêmes. De cette façon, ils apprendront qu'il y a des moments où il faut arrêter de courir après le temps, et de se contraindre à des tâches à accomplir parfois superflues. **Ils réaliseront que cela n'est rien comparé à l'importance d'être bien dans sa peau.**

• *Relâcher la pression du temps*

Lorsque vos bambins vous rendent visite, **organisez une journée sans programme !** Ils pourront se réveiller après une bonne nuit de sommeil, à n'importe quelle heure. Petit-déjeuner non millimétré, promenade longue ou bien *cocooning* dans le canapé devant la télé seront de rigueur, selon leurs envies. L'important est de jouir de ces instants ensemble, sans se soucier de l'heure.

Citation

« Il n'y a point de chemin vers le bonheur, le bonheur est le chemin. »

Lao Tseu

Une **vision plus large** de la vie

Sortir du cadre strict de l'éducation des parents fait parfois du bien et permet de relâcher la pression. C'est l'une des raisons pour lesquelles la maison de mamie et papi constitue un lieu réconfortant.

Surtout, vos petits-enfants découvrent d'autres facettes de la vie. Comme nous l'avons déjà dit auparavant, il ne s'agit pas de modifier l'éducation de ces derniers. Chez mamie et papi, les p'tits bambins retrouvent leurs cousins et cousines, leurs oncles et tantes, et le reste de l'entourage. Ces rencontres vont leur permettre d'enrichir leurs expériences.

Être positifs et encourageants

Votre p'tit bambin vient de faire une bêtise et reste debout devant vous comme un pot de fleur ? Inutile de vous mettre dans tous vos états. S'il ressent en vous une instabilité émotionnelle, cela ne l'aidera pas à se sentir mieux et encore moins à vous écouter. **Alors *keep calm*, exprimez-lui ses limites et montrez-lui pour quelles raisons cette bêtise est une bêtise.** Les enfants, et même les ados qui semblent se rebeller, sont très réceptifs lorsque les choses sont dites clairement. C'est là aussi qu'ils attendent souvent que vous les guidiez vers la bonne voie. Alors prouvez-leur votre confiance en eux à travers des paroles positives comme : « Je sais que tu es tout à fait capable de manger à table sans tacher tes vêtements. »

Dédramatiser

Soucieux du bien-être de vos petits chéris, vous tentez toujours de garder le contact avec eux. Un coup de téléphone en fin de journée – sans devenir une mamie ou un papi encombrant – pour prendre des nouvelles de la famille peut s'avérer réconfortant, et même un brin libérateur. Il y a des journées plus éprouvantes que d'autres pour les petits, et même si les nouvelles sont une source de stress pour vous, n'en rajoutez surtout pas ! La situation est déjà difficile pour eux et leurs parents. Alors, *exit* le ton inquiet, *exit* les « Oh ! Comment va-t-on s'en sortir ?! », *exit* l'expression d'idées négatives (« Ne dis plus de telles bêtises ! ») ou les blâmes (« Tu aurais dû écouter ta maîtresse ! »). Mettez votre affect de côté : **la meilleure attitude à adopter est de les rassurer et d'écouter leurs récits jusqu'au bout.**

Le saviez-vous ?

Le **119** est le numéro national dédié à la prévention et à la protection des enfants en danger ou en risque de l'être. Depuis le 3 mai 2021, en complément du numéro vert, un tchat est accessible sur le site Internet allo119.gouv.fr

Que disent les lois sur la fessé et les violences physiques ?

Depuis 2019, en France, la proposition de loi relative à l'interdiction des violences éducatives ordinaires met fin à la normalisation de la claque et de la fessée. L'Article 371-1 du code civil qui concerne « l'autorité parentale relativement à la personne de l'enfant », un alinéa assurant que cette dernière « s'exerce sans violences physiques ou psychologiques ». Ce nouvel alinéa serait par ailleurs lu aux futurs époux lors de la cérémonie du mariage civil et figurerait dans les livrets de famille récents. Les violences éducatives, tant qu'elles n'étaient ni habituelles ni excessives sous couvert du « droit de correction », sont désormais interdites par la loi.

Mes idées pour une « journée sans programme » réussie :

-
-
-
-
-
-
-
-

Petits mots doux à répéter au quotidien :

Clé 8

Prendre soin de soi

« Être bien dans sa peau » est une expression que nous pouvons utiliser là au sens figuré comme au sens littéral. Dans son acceptation abstraite, elle caractérise un tout qui va faire que le corps et le mental se ressentent harmonieusement. Au sens propre, elle désigne une perception positive de son apparence physique. Même chez celui qui n'est pas un aficionado de la beauté, arrivé à un certain âge, quel senior ne s'est-il pas aperçu un beau jour de l'aspect changeant de sa peau et de sa silhouette ? Pas de panique, ceci fait partie de la vie. **En ayant confiance en vos capacités à remédier à l'avancée en âge, vos petits-enfants vont ressentir ce bien-être et l'éprouver à leur tour. La confiance en soi est un signe positif pour leur développement.** Pour vous, la légèreté prendra peu à peu le dessus. À l'heure où vous êtes prêts à déplacer des montagnes pour vos bout'choux, ceux-ci vous rendront plus dynamiques et révèleront en vous une énergie inimaginable !

Citation

J'ai demandé à mon petit-fils :
« Sais-tu quel âge a ton grand-père ?
— Oui, six ans !
— Comment ça six ans ?
— Bah oui, il est devenu papi quand je suis né ! »

➔ Dormir suffisamment

Un grand-parent se donne comme principe de rester disponible à toute épreuve pour sa famille. On le sait, l'avancée en âge induit une moins grande forme que lorsqu'on a 20 ans. Ce sont les lois de la nature. Mais ceci n'est vraiment pas une fatalité et c'est en adaptant votre mode de vie en fonction des besoins de votre corps que vous parviendrez à trouver l'équilibre. **Bien dormir constitue un excellent allié bien-être.**

Le manque de sommeil rend raplapla et nonchalant face à l'énergie débordante de vos petits-enfants. Même si leur joie de vivre a tout l'air d'un remède miracle, l'alternative au quotidien est de dormir suffisamment et de façon régulière. **Dormir au moins sept heures chaque nuit pour un corps et des traits parfaitement reposés** est une pratique à tester ! En journée, une bonne sieste avec votre bout'chou qui en a autant besoin vous permettra de partager un temps calme. Pourquoi ne pas instaurer un rituel chaque mercredi après-midi, par exemple ? Ce moment deviendra un repère paisible.

Pratiquer une activité physique

Prendre soin de soi c'est **prendre le temps de prendre soin de soi.** Après tant d'années de dévouement total à vos enfants, vous aurez sans doute plus de velléités à écouter votre corps tout en vous rendant opérationnel en présence de vos petits-enfants. Dans le quotidien, il y a les activités ou tâches physiques et il y a les occupations ou préoccupations d'ordre intellectuel. Trouver le savant équilibre entre les deux – le temps de la mobilité et le temps de la gymnastique cérébrale – n'est pas si sorcier mais demande de prendre de bonnes habitudes. Sans forcément chercher à planifier, quand le corps alerte c'est peut-être le moment de passer de l'un à l'autre. À partir de la quarantaine, la masse musculaire diminue de plus en plus rapidement. Autrement dit, vos muscles brûlent naturellement des calories même si vous restez assis à ne rien faire. Mais comme la nature a horreur du vide, chaque portion de muscle disparue est remplacée par du stock de graisse qui n'aura de cesse d'augmenter si vous n'intégrez pas un peu d'exercice physique à votre routine. En vous voyant bouger, votre progéniture aura une image de vous dynamique, inspirante. **Pratiquer ensemble quelques activités physiques apporte des effets positifs certains.**

S'étirer

L'étirement, on n'y pense pas assez, **permet d'évacuer les tensions musculaires ou encéphaliques accumulées** durant une journée ou dans un laps de temps. Les techniques d'étirements sont accessibles par plusieurs moyens : faire appel à un coach sportif, un kinésithérapeute... Les tutos en ligne s'avèrent aussi intéressants. Organisez donc une séance d'étirements avec votre progéniture qui trouvera là un bon moyen de s'amuser à bouger avec papi et mamie : flexions, extensions, squats, mouvements circulaires des biceps et triceps. Pour finir, laissez-vous aller à tâter en douceur vos poignets ou vos épaules.

Marcher ou faire de la randonnée

Il n'y a pas d'âge pour rester actif. **Pratiquer la marche ou la randonnée retarde les effets du vieillissement et présente de nombreuses vertus, par exemple pour vos articulations.** Le fait de bouger vos membres de façon soutenue stimule les cellules des cartilages qui vont se renouveler plus rapidement. Le geste en se répétant va ralentir la dégénération des tissus.

N'hésitez pas à organiser des randonnées ensemble, si vous en avez le temps. La marche est une activité physique à portée de main. Pratiquez la marche lors des promenades avec vos petits-enfants. Ces activités vous permettent de renforcer vos liens tout en stimulant vos capacités physiques et mentales. En plus, vous gagnerez en patience et en endurance face aux petites bouilles que sont vos petits-enfants à l'énergie débordante, et aux bêtises parfois récalcitrantes. Ces derniers seront ravis de découvrir la nature à travers vos anecdotes et de se dépenser à vos côtés.

En rando

Concentrez-vous sur le mouvement pour en tirer tous les bénéfices : posez le milieu du talon délicatement au sol puis déroulez le pied vers l'avant jusqu'au troisième orteil pour lui donner de l'impulsion. Ensuite, soulevez le pied pour reproduire le geste avec l'autre membre et ainsi de suite.
Variez les parcours : les terrains en pente – montées et descentes – stimulent les chevilles, genoux, et hanches alors que les terrains plats vont permettre de bien travailler ses mouvements. Veillez à bien étendre complètement et à chaque pas la jambe et le genou, sans forcer.

Pratiquer le vélo en famille

Le vélo est aussi une option. Les enfants apprennent à en faire très jeunes, d'abord à quatre roues puis très vite – généralement après 3 ans – à deux roues. Les balades en vélo ou les randonnées en VTT donnent l'avantage de profiter de la nature et des espaces extérieurs : les pistes cyclables, les bois et forêts, bords de rivières, champs verts, etc. Mieux encore, le vélo s'avère être un allié pour garder la forme. Les muscles, les articulations, la respiration, sont autant de fonctions à travailler pour se maintenir en bonne santé. **Chez l'enfant, le vélo représente avant tout l'aventure, la découverte, le plaisir, la confiance en soi, l'autonomie.** Alors, n'attendez pas pour intégrer cette discipline dans vos habitudes. C'est une pratique à partager en famille, les week-ends, quand le climat est assez clément. N'oubliez pas de rappeler les règles essentielles pour circuler en toute sécurité : le port du casque obligatoire et un gilet fluo à sortir en cas de faible visibilité. Vous pourriez même vous trouver des points communs avec votre progéniture en développant une appétence pour l'aventure et la liberté !

Surveiller son alimentation

La remise en forme ne porte pas uniquement sur les activités physiques. **Votre assiette mérite aussi une « mise à jour »** compatible avec les nouvelles exigences de l'organisme. Le rythme des repas et les types d'aliments sont autant d'éléments qui pèsent dans la balance. **C'est l'occasion de transmettre à vos petits-enfants l'importance du bien manger.** À table, échangez sur les valeurs nutritionnelles connues des aliments contenus dans vos assiettes. Les adages qu'on entend souvent « *la soupe fait grandir* » ou encore « *les épinards donnent des forces* » ne sont pas si faux. Pour une soupe de légumes variés vous pourriez, par exemple, vous amuser ensemble à décomposer les qualités de chacun d'entre eux. Bon pour le moral ! Ainsi vous ne verrez pas passer le temps du repas.

Bien s'hydrater !

On dit que boire suffisamment contribue à l'équilibre de vie. Eh bien, c'est vrai ! **L'eau élimine les toxines.** La quantité d'eau à boire recommandée dans une journée varie selon l'âge, la corpulence, la condition physique. En général, il est conseillé de boire en moyenne 1,5 litres par jour. Avouons-le, qui respecte cette discipline à la lettre au quotidien ?

Il est pourtant essentiel de faire un effort en ce sens, ne serait-ce que pour montrer le bon exemple à vos petits-enfants. Gardons cet objectif en tête, mettons la barre relativement haute. Et si l'eau plate est trop « plate » à votre goût, ajoutez dans votre verre un petit ingrédient pour lui donner meilleur goût : un zeste de citron, une feuille de menthe ou tout autre fruit, feuille ou légume en guise d'arôme. Siroter ce breuvage avec vos petits-enfants transformera l'hydratation quotidienne en **moment de partage.** Dernier détail : plonger une paille dans vos verres, assurera à tous une partie de plaisir gustatif. Alliez également l'utile à l'agréable en prenant des boissons chaudes comme le thé ou les infusions, et vos petits-enfants seront ravis que vous leur prépariez un chocolat chaud par la même occasion !

Citation

« Si vous avez une famille qui vous aime, quelques amis, de la nourriture sur votre table et un toit au-dessus de votre tête, vous êtes plus riche que vous ne le croyez. »

• *Créer une routine de repas pour rester en forme*

– **Au petit-déjeuner,** favorisez les protéines – idéales pour la construction musculaire – en mangeant des œufs, des noix, du lait… et les glucides – votre dose d'énergie matinale – avec le pain complet, les céréales, voire un verre de jus d'agrumes qui vous permettra de faire le plein en vitamine C. Une tasse de café ou de thé en plus fournira l'apport en caféine, si besoin.

– **Au déjeuner,** un plat constitué majoritairement de protéines est recommandé. Privilégiez surtout le tofu, les sardines, les salades et les fruits et légumes de saison. Si vous n'êtes pas végétarien, ajoutez-y une portion de viande blanche ou de poisson riche en oméga-3.

– **Au souper,** limitez votre apport en protéines. Optez plutôt pour un menu léger mais requinquant, composé entre autres de féculents, d'un peu de poisson, de laitages et de légumes secs. Il est préférable de dîner au plus tard une à deux heures avant de s'endormir.

– **Après le souper,** préparez-vous une infusion. La passiflore, par exemple, est une plante reconnue pour favoriser l'endormissement grâce à ses propriétés anxiolytique et sédative. Vous pouvez associer votre régime alimentaire à d'autres plantes aux mêmes vertus, comme la mélisse ou l'aubépine.

Privilégier certains aliments

Favorisez les aliments riches en nutriments mais pauvres en calories tels que les fruits, les grains entiers, les légumineuses, les graines nature, la volaille maigre, les œufs, et les laitages allégés. Les aliments naturels tels que le miel de Manuka sont aussi essentiels pour répondre aux besoins en oligoéléments. Les oméga 3 contenus dans les crevettes nordiques, les poissons gras, l'huile de colza et les noix constituent pour leur part une source de protéines et de nutriments, comme la vitamine B12 et le phosphore. Quand les apports nutritionnels dont votre corps a besoin sont comblés, la partie est gagnée ! Place aux activités avec les enfants qui ont de l'énergie à revendre. Cependant, **évitez**, c'est bien connu, **les aliments susceptibles de perturber votre glycémie ou votre métabolisme**, comme l'alcool, trop de sodas et de café. Une gâterie avec vos p'tits gourmands pour le plaisir des papilles ne vous fera pas de mal. Vous saurez de temps à autre succomber à une tartelette aux fraises ou à un éclair au chocolat.

Se détendre !

À travers des gestes simples et répétés, **l'automassage détend à la fois la peau et la raffermit.** Le massage facial favorise la sécrétion d'hormones antioxydantes bonnes pour la microcirculation. Chaque soir, avant de vous coucher, procédez à une série de pincements Jacquets sur une peau démaquillée, parfaitement propre et sèche. Les pincements Jacquets consistent à se pincer la peau entre la pulpe du pouce et de l'index sur tout le visage et sur son ovale afin d'en redessiner le contour. Enfin, on dit que le sourire raffermit les traits. C'est aussi une forme d'exercice musculaire. Les enfants, par leurs comportements insouciants et bien décalés, font beaucoup sourire.

Ma routine repas « bien-être »

Petit-déjeuner :

Déjeuner :

Encas :

Souper :

Mes rituels « détente » pour me chouchouter :

-
-
-
-
-
-
-
-

Clé 9

Créer des souvenirs éternels

Évoquer avec ses petits-enfants son passé, ses valeurs, les moments marquants de sa vie et ses actions du quotidien font partie de **la transmission du souvenir**. Chers grands-parents, vous ferez même encore mieux en créant des souvenirs ensemble ! *Quid* des sorties, des réunions familiales et des séjours de vacances passés avec eux !

➔ Partager les albums photos

Parcourir les photos et les vidéos de famille permet de se plonger dans les souvenirs tout en partageant un moment convivial. Pour le meilleur, et pour le pire ! Les petits-enfants, curieux et malicieux, prennent énormément de plaisir à reconstituer l'histoire de tous les membres de la famille. **En spectateurs émerveillés, ils prennent aussi conscience de leur propre place dans l'arbre généalogique.** Les vieux albums mettent généralement à l'honneur les grandes occasions de la vie : fêtes d'anniversaire, mariages, coutumes et autres célébrations propres à chaque famille. Les traditions et les valeurs y sont exposées au grand jour. Et puis, la rétrospective sur la mode vestimentaire, les accessoires fétiches et les coupes de cheveux d'époque promet des éclats de rires collectifs !

Sortir tous **ensemble**

Un enfant porte une sensibilité accrue dans les moments partagés avec ses grands-parents tellement le lien affectif est fort. Faites découvrir à vos petits chéris votre univers au quotidien et les lieux de loisirs qui leur permettront de s'épanouir.

L'emmener dans des lieux mémorables

Une balade dans le parc du coin est idéale pour admirer la nature et imprimer dans sa mémoire des souvenirs empreints d'une certaine insouciance. Les commerces environnants sont tout autant marquants : la boulangerie du coin, le garage automobile, l'agence immobilière, la compagnie d'assurance et son logo coloré, le salon de coiffure de madame Untel, votre restaurant préféré et l'odeur qui s'en dégage le midi... Toute cette vie de quartier créera des souvenirs indélébiles à ses yeux ! Eh oui, qui n'a pas dit en passant devant tous ces lieux une fois adulte : « C'est le parc de mon enfance ! » **C'est tout l'univers insouciant du jeu et de l'enfance qui refait surface, et ces souvenirs seront d'autant plus joyeux s'ils sont partagés avec vos petits chéris.**

Les jeux extérieurs et la découverte

Les loisirs en extérieur procurent de nombreuses sensations et éveillent tous les sens. **Ils favorisent le développement cognitif chez les plus jeunes et entretient l'activité cérébrale des plus âgés.**

- **Organisez une chasse au trésor dans le jardin :** les énigmes, les indices, les objets à trouver, les intrigues, cela met les enfants en état d'émulation intellectuelle et stimule tous les participants.
- **Passez la journée dans un parc zoologique.** Au-delà de l'émerveillement face aux animaux, il s'agit d'interroger les jeunes sur leur rapport à la nature, et de les sensibiliser à la protection des espèces. L'enfant a soif d'apprendre et les souvenirs positifs naissent ainsi.

Citation

« Il me tarde de passer un moment en famille et de voir l'émerveillement dans les yeux de mes petits-enfants ! »

- **Faites des sorties de saison.** Par temps de neige, et jusqu'aux premières douceurs du printemps, il faut bien se vêtir. Durant les fortes chaleurs d'été, les jeux d'eau sont de mise : les bébés découvrent les pataugeoires et petits bassins à la piscine, alors que les plus grands adorent les toboggans aquatiques à fortes sensations. Mémorable !
- Enfin, **les musées et autres expositions artistiques sont aussi des immanquables** pour créer des souvenirs positifs avec vos petits-enfants. Ils s'initieront ainsi à l'art et à la compréhension des œuvres.

Les repas en famille, gage de transmission

Que ce soit au déjeuner ou au dîner, le repas est **un moment incontournable où toute la famille peut se réunir et partager un instant de convivialité.** Ici, vos petits-enfants découvrent l'oncle un brin franchouillard, un cousin qui n'a pas sa langue dans sa poche ou encore une tante qui raconte sa passion intarissable pour les voitures de collection. **C'est aussi un temps qui favorise la transmission des codes sociaux :** saluer tout le monde sans distinction, user de formules de langage aimables, adopter les règles de bonne conduite...

Lors des repas, les membres de la famille se font également une joie de transmettre leur histoire et les valeurs qui leur sont chères : vos petits se délectent des anecdotes de leurs aînés et se nourrissent des expériences de chacun. Curieux, ils s'intéressent à tout ce qui se passe autour d'eux ! Ils apporteront leur pierre à l'édifice en exprimant leur ressenti et leur regard sur le monde. Vous l'aurez compris, le repas est **l'occasion de communiquer et d'échanger sur les rêves et les activités de chacun.**

Organiser des ateliers culinaires

Chacun d'entre nous a sa recette favorite : crêpes, tarte aux pommes, soupe de légumes, couscous, pizza, lasagnes, moussaka… Une fois grand-parent, quel honneur de pouvoir transmettre les saveurs de son plat préféré, et par-dessus tout, un savoir-faire culinaire ! Impliquez vos petits-enfants aux fourneaux, partagez vos astuces secrètes et dégustez ensemble vos spécialités délicatement – ou inhabilement – mijotées. Comme nous l'avons vu dans la clé N°3, vos cuisiniers en herbe se surpasseront pour vous rendre fiers.

Mettre la main à la pâte est une façon de les responsabiliser et mieux encore, les spécialités cuisinées ensemble marqueront à jamais leurs papilles. C'est ainsi qu'adultes, vous les entendrez prononcer le fameux poncif : « Ah ! Je me souviens de l'exquise tarte aux pruneaux de ma grand-mère, au goût si unique... » ou encore « La soupe au potiron de papi est inégalable ! »

Partir en **vacances**

Quel bonheur d'emmener vos petits-enfants en vacances avec vous ! C'est une belle responsabilité et un temps de vie commune à expérimenter. Profitez-en, ces moments sont de véritables retrouvailles et l'occasion d'un grand nombre de balades, de découvertes, et d'apprentissages. Pour que tout se passe au mieux, gardez à l'esprit quelques règles élémentaires.

Des règles de vie à observer

D'abord, leur éducation est celle de leurs parents, et ce temps exceptionnel de vie commune doit épouser les valeurs qui leurs sont chères. Vous avez certes vos principes d'éducation, mais **vous devez accepter que votre fille ou votre fils a peut-être pris une voie légèrement différente, voire opposée.**

Ensuite, avant le départ, **définissez tous ensemble les règles de vie élémentaires** et, somme toute, universelles. Si besoin, définissez aussi les situations et attitudes tolérables et intolérables. Votre rôle sera ainsi de faire respecter ces règles qui conviennent à tous. Ce projet de vacances renforcera vos liens dans la mesure où vous apprendrez à mieux connaitre vos petits chéris, et vice-versa.

Bon à savoir

« Bip bip bip, la route est dégagée. Papi et Mamie, j'arrive pour cet été ! »

S'assurer de leur bonne santé

Et la paperasse, dans tout ça ? **Adoptez la *safe attitude***, et assurez-vous d'avoir en votre possession les papiers d'identité, le carnet de santé, l'assurance familiale, ainsi qu'un accord parental qui mentionne le type de séjour et la destination des vacances. Pour appréhender tout problème de santé, il est également conseillé de connaître le groupe sanguin de vos petits-enfants et leurs antécédents médicaux.

Lors des périodes estivales, le temps que vous passez avec vos bout'choux est plus long, et ce n'est certainement pas le moment de baisser votre garde. Enfin, **pensez à l'incontournable trousse à pharmacie !**

Des moments de partage idylliques

Vos petits-enfants ne sont pas des invités, mais des acteurs de vos vacances à part entière ! Il est donc important de prendre en compte leurs envies d'activités. La notion de plaisir n'est en effet pas la même chez les plus jeunes et chez les adultes. Quels seront les gourmandises et les jeux préférés de chacun ? Quels sont les types de balades appréciées par tous ? Ceci ne vous empêchera certainement pas de leur transmettre votre passion pour un sport, un instrument ou une activité culturelle, par exemple. Selon votre vitalité et leur âge, vous avez l'embarras du choix. **Il s'agit simplement de faire des compromis et de s'écouter, afin que tout le monde soit satisfait !**

Rester attentif

Durant le séjour, soyez surtout attentif !

- Il est important de savoir **écouter les problèmes de vos petits-enfant**s, qui peuvent ressurgir même pendant les moments de loisirs, et de répondre à leurs besoins.
- **Toujours en mode *safe attitude***, veillez à ce que vos petits chéris restent calmes durant les trajets.
- Dans les lieux d'hébergement, **identifiez rapidement les produits et appareils dangereux, les différents endroits à risque pour eux et sensibilisez** vos p'tites bouilles insouciantes aux dangers potentiels.
- Enfin, **dans les lieux de baignade, assurez-vous que toutes les conditions soient réunies pour garantir leur sécurité.**

Toutes ces mesures, couplées à votre vigilance, aideront à ce que votre séjour se passe à merveille.

Nos plus belles vacances tous ensemble :

Mes idées de sorties en famille :

-
-
-
-
-
-
-
-

Clé 10

Jeux à volonté !

On dit que **les enfants apprennent plus aisément par le jeu.** Alors, prendre le temps de jouer avec ses petits-enfants est indispensable ! D'autant plus que les activités de loisir à visée pédagogique apportent elles aussi leur lot d'émotions positives : les histoires à raconter stimulent l'imagination, les ateliers manuels développent la créativité, les préparations culinaires aident à se responsabiliser. En bonus ? Du partage !

Citation

« N'attends pas le moment parfait. Embrasse le moment et rends le parfait. »

Erik Pigani

Lisons **ensemble**

La lecture d'un conte fait partie des moments calmes et privilégiés à expérimenter avec vos petits-enfants. Vous pouvez leur montrer les livres que lisaient leurs parents à leur âge et partager d'agréables souvenirs. C'est aussi l'occasion de leur faire découvrir votre univers d'antan à travers vos contes d'enfance préférés. **La lecture stimule l'imagination** et permet de s'évader dans un monde de fantaisie en s'embarquant dans la vie de personnages singuliers.

C'est également une méthode efficace pour apprendre de nouveaux mots et ainsi enrichir leur vocabulaire tout en s'amusant. Pour les plus petits qui font leurs premiers pas à la Maternelle, proposez des ouvrages très illustrés. Pensez à les emmener dans les médiathèques qui organisent souvent des séances de lecture collectives. Voilà une sortie à la fois distrayante et instructive ! De plus, vos petits lecteurs pourront choisir des ouvrages à feuilleter sur place et d'autres à emmener à la maison.

➔ Jouons à **des jeux vidéo**

Dans un esprit de partage, les enfants et adolescents sont souvent enclins à faire découvrir leurs passions à leurs grands-parents, notamment celle des jeux vidéo. Ceci peut être l'occasion, pour les aînés, de se familiariser avec les nouvelles technologies tout en profitant d'un moment satisfaisant en compagnie de leurs petits-enfants. Gardez en tête que cela reste à exercer avec modération ! **En prenant le temps de jouer à leurs jeux favoris, vous renforcerez la relation qui vous unit à eux.**

Et même lorsque vos petits-enfants ne sont pas présents à vos côtés, il est possible de vous divertir ensemble. Donnez-vous rendez-vous à distance !

Les jeux vidéo en réseau font partie des activités préférées des nouvelles générations et ils sont l'occasion pour vous de rester connectés et de partager une partie de Puissance 4®, de Rummikub® ou de Mario Kart®, par exemple. Profitez-en également pour initier les plus jeunes aux grands classiques, tels que la bataille navale ou encore les échecs en ligne.

Affairons-nous aux jeux de société

Des jeux de société, il y en a pour tous les goûts et tous les niveaux. Du jeu des 7 familles au Monopoly®, ce sont autant de moyens ludiques pour apprendre à connaître vos petits-enfants et renforcer votre complicité. Ces jeux sont aussi **un moyen de développer leur créativité ou d'enrichir leur culture générale.**

Pratiquons les activités manuelles

Pour occuper vos petits-enfants, proposez des activités manuelles !

Bien plus qu'un loisir, celles-ci promeuvent un savoir-faire et feront découvrir à vos petits chéris le plaisir d'interagir avec ceux qu'on aime pour fabriquer des choses ensemble.

S'exercer au bricolage

À travers un atelier bricolage, vos petits chéris découvriront la joie de fabriquer différentes sortes d'objets : boîte à bijoux, petit banc ou encore table en bois, les possibilités sont nombreuses ! Vos apprentis bricoleurs pourront ensuite emporter avec eux leur œuvre qui leur rappellera cette journée passée en votre compagnie.

Créer avec du papier et du carton

Rassemblez sur une table ou à même le sol des vieux magazines et prospectus qui trainent dans vos étagères, quelques emballages cartonnés usagés, de la peinture à l'eau, des feutres, des crayons de couleur, de la colle à papier, du ruban adhésif, une paire de ciseaux, et le tour est joué pour une séance créative ! Les enfants apprécieront de manipuler les matières, et formeront avec des dessins en relief ou des gadgets à leur goût, parfois utiles !

• *Créer des objets fétiches*

Vous avez certainement au fond de vos tiroirs des accessoires que vous n'utilisez plus : boutons de chemisiers, vieux bandanas, foulards, rubans, perles... Et si vous n'en avez pas à la maison, les boutiques de bazar vous donneront l'embarras du choix. Place ensuite à l'imagination de vos petits bambins qui se laisseront aller pour fabriquer des accessoires, des bijoux fantaisie ou bien pour customiser un cadre photo ou des vêtements. Ces objets personnalisés deviendront le symbole de votre complicité.

➔ Déguisons-nous !

Il est toujours amusant de confectionner soi-même ses costumes, avec l'aide des enfants. Et c'est plus économique ! **À partir de tissus ou d'objets usagés, des costumes fantaisistes émergeront et il y a fort à parier que la qualité du rendu dépassera vos espérances.** Plongez avec vos petits chéris dans la peau de personnages intemporels qui ont bercé votre enfance et celle de leurs parents. Voici ci-dessous quelques exemples simples.

- Un vieux drap blanc et un feutre noir feront l'affaire pour un déguisement de fantôme ou encore pour le fameux personnage de Pierrot.

- Un collant noir couplé à un body de la même couleur, des oreilles en papier découpé, une queue en guirlande, et les voilà transformés en chat noir.
- Une combinaison rouge combinée à un bâton avec trois piques en carton accolées pour former un trident et vous devenez un petit diable.
- Pour les apprentis-sorciers, une cape et un chapeau confectionnés avec une feuille de papier noire feront l'affaire. Il ne restera plus qu'à compléter cette tenue avec l'incontournable balai.
- Enfin, pour ressembler à un vampire, misez sur un maquillage qui rendra vos teints blafards.

Prenons soin d'un animal de compagnie

La présence d'un animal de compagnie à la maison procure réconfort et sécurité. Un animal domestique mérite que son maître lui apporte tout l'amour et les soins dont il a besoin, et il est important de transmettre ces principes à votre progéniture. **L'enfant se sentira ainsi responsable en vous aidant à le nourrir ou en lui apportant le confort nécessaire à sa routine.**

Les animaux à quatre pattes, comme certaines races de chiens par exemple, ont de fortes chances de leur donner du grain à moudre avec leur hyperactivité : courir, sauter, se débattre...

Les bêtes à poils seront aussi beaucoup caressées ; mais attention à également **transmettre à vos petits chéris la notion de consentement !** Ce geste, bon pour la santé mentale, libère dans le cerveau humain une substance dénommée ocytocine appelée aussi « hormone de l'amour ». Chiens, chats, oiseaux ou même tortue sont des espèces fascinantes qui constitueront un vaste sujet d'exploration et d'observation chez les plus jeunes !

Citation

« Le rôle des parents est d'élever, d'éduquer et de motiver. Le rôle des grands-parents est de choyer, de gâter et de câliner. »

Leurs activités favorites :

-
-
-
-
-
-
-
-

Collez ici votre dessin préféré !

Conclusion

En endossant votre rôle de grands-parents, vous deviendrez inexorablement une **source de sécurité et de transmission**. Vous aurez sans aucun doute une **valeur inestimable** aux yeux de vos petits-enfants, qui n'hésiteront pas à vous prendre comme **modèle**.

Comme vous avez pu le constater à travers cet ouvrage, le lien qui unit les grands-parents à leurs petits-enfants est incroyable. Vous allez être présents pour vos petits chéris à chaque étape de leur vie. C'est vous qui allez les accompagner, les aider à forger leur personnalité et les rassurer tout en leur assurant la meilleure qualité de vie possible. Vous déplaceriez des montagnes pour faire barrage aux obstacles qui viendraient entraver cet idéal.

Et même si parfois la vie est compliquée, vos valeurs se graveront à coup sûr dans leur conscience. **Vous êtes un repère.** Chaque grand-parent possède son histoire et celle-ci constitue une vraie richesse : **la transmettre à ses petits-enfants représente le fondement même de la famille** et participera à unir et renforcer la vôtre, face à toutes les épreuves de la vie.

Alors, pour finir : bravo à tous les grands-parents d'aujourd'hui. Bravo pour ce que vous êtes, et pour tout ce que vous faites à votre niveau !

Ressources utiles

Filmographie

- *La Boum*, réalisé par Claude Pinoteau, 1980
- *Lol*, réalisé par Lisa Azuelos, 2008

Les livres **pour enfants**

- *Mon papy et moi*, Helen Exley et Jane Massey, Exley Editions, 2012
- Les albums à compléter *Raconte Moi Ton Histoire, Papy* et *Raconte Moi Ton Histoire, Mamie*, Smart Fox Edition, 2021
- Les albums à compléter *Mamie, parle-nous de toi* et *Papy, parle-nous de toi*, Monika Koprivova, Familium, 2018

Les livres **pour adultes**

- *Le (nouvel) art d'être grand-parent*, Claude-Suzanne Didierjean-Jouveau, L'Instant Présent, 2010
- *Grands-parents, à vous de jouer*, Marcel Rufo, Anne Carrière, 2012
- *Guide de survie des jeunes grands-parents (parce que vous pensiez vraiment pouvoir vous la couler douce maintenant ?)*, Marie Thuillier, Leduc Humour, 2015
- *Devenir grands-parents pour les Nuls*, Gérard Strouk, Guénolée de Blignières-Strouk, Marinette Lévy, Marc Chalvin, First, 2017
- *Les parents imparfaits – Grands-parents*, Candice Kornberg-Anzel, Camille Skrzynski, Marabout, 2020
- *Le Guide du jeune grand-père*, Jean-Louis Festjens, Pierre Antilogus, Albin Michel, 2017
- *Guide de survie de la jeune grand-mère : 100 listes pour vous aider à tenir le choc*, Hervé Anseaume, Pacco, Leduc Humour, 2018

Émissions **radio** et **audiovisuelles**

- France inter, *Ce que transmettent les grands-parents de notre époque*
  https://www.franceinter.fr/emissions/grand-bien-vous-fasse/grand-bien-vous-fasse-17-mai-2017
- France inter, *L'art d'être grands-parents, un peu, beaucoup, pas du tout, passionnément*
  https://www.franceinter.fr/emissions/grand-bien-vous-fasse/grand-bien-vous-fasse-06-decembre-2016
- Youtube, émission *Breaking Mamie* :
  https://www.youtube.com/channel/UC-KdY0CEZiLVMCjsoQ9OSTw/featured

Articles

- *La grand-parentalité aujourd'hui en France*, Florence Lianos, mars 2013
  https://www.cairn.info/revue-droit-et-societe1-2013-3-page-655.htm
- Sur le rôle des grands-parents en cas de divorce :
  https://www.demarches.interieur.gouv.fr/particuliers/separation-parents-relations-entre-enfant-famille-proches

Retrouvez aussi, chez Hatier parents :

- *Les devoirs à la maison*, F. Plessiet
- *Les écrans*, Dr S. Dieu Osika
- *Canaliser son énergie*, F. Millot
- *La charge mentale*, F. Corre Montagu
- *L'obéissance sans cris ni punitions*, S. Damou-Sabry
- *Bien s'alimenter*, D. Compte
- *Aider son enfant à dépasser ses peurs*, F. Millot
- *Vaincre la peur de l'échec*, S. Damou-Sabry
- *Réduire les déchets au quotidien*, I. Boucq
- *Cultiver l'optimisme en famille*, G. Chatelain
- *Les nouveaux papas*, M. De Breyne
- *Accompagner son adolescent*, F. Millot
- *L'enfant Dys (astuces pour Dys)*, F. Chée
- *Parents séparés*, S. De Dinechin
- *Rendre autonomes ses enfants au quotidien*, F. Corre Montagu
- *Améliorer le sommeil de son enfant*, Dr S. Dieu Osika
- *La pédagogie Montessori*, F. Bodu
- *Filles, garçons*, S. Bourdeverre-Veyssiere
- *L'enfant à haut potentiel*, C. Grand
- *Frères, sœurs*, P. Vautrin
- *L'école maternelle*, F. Corre Montagu
- *La propreté*, F. Corre Montagu
- *J'aide mon enfant à s'épanouir à l'école*, S. Bourdeverre-Veyssiere
- *Les violences sexuelles*, P. Loiseleur
- *Les débuts du langage*, S. Rocher
- *Parents de jumeaux*, S. Kernen Krieger

Direction : Rachel Duc
Responsable éditoriale : Caroline Terral
Édition : Amédine Sèdes
Directrice artistique : Nadia Fernandes
Principe de couverture : SKGD création
Principe de maquette original et illustrations : Ho Thanh Hung
Mise en page et adaptation de maquette : Patrick Leleux PAO
Cheffe de studio : Karine Alary
Fabrication : Cécile Labarthe

Achevé d'imprimer par l'Imprimerie de Champagne à Langres – France
Dépôt légal : 08470-4/01 - août 2022

PAPIER À BASE DE FIBRES CERTIFIÉES

Hatier s'engage pour l'environnement en réduisant l'empreinte carbone de ses livres. Celle de cet exemplaire est de :
650 g éq. CO_2
Rendez-vous sur www.hatier-durable.fr

IMPRIM'VERT
Votre imprimeur agit pour l'environnement